AF310430

CATALOGUE

D'UNE

MAGNIFIQUE COLLECTION

DE

TABLEAUX

ANCIENS

Des Écoles Italienne et Flamande

PROVENANT

D'UNE GALERIE PRINCIÈRE DE ROME

DONT LA VENTE AUX ENCHÈRES PUBLIQUES AURA LIEU

A PARIS

HOTEL DES VENTES, RUE DROUOT, N° 5,

Grande salle n. 5,

Le Lundi 5 Mai 1856,

à deux heures précises,

Par le ministère de M⁰ **PEYNAUD**, Commissaire-Priseur, à Paris,
rue de Tournon, 12, successeur de M. ANSART,

Assisté de MM. Henri **COUSIN** père et fils, Experts-Appréciateurs,
rue Ollivier Saint-Georges, 23,

Chez lesquels se distribue le présent Catalogue.

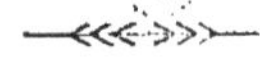

EXPOSITION PARTICULIÈRE AVEC BILLETS

Le Samedi 3 Mai 1856, de une heure à cinq heures.

EXPOSITION PUBLIQUE

Le Dimanche 4 Mai 1856, veille de la vente, de midi à cinq heures.

1856

CONDITIONS DE LA VENTE

———

Elle sera faite au comptant.

Les acquéreurs payeront cinq pour cent en sus des adjudications.

Nota. Pour les renseignements de toute nature, et les commissions, s'adresser à MM. Peynaud et Cousin.

CE CATALOGUE SE DISTRIBUE

A PARIS

Chez Mᵉ PEYNAUD, Commissaire-Priseur, rue de Tournon 12 ;
MM. Henry Cousin, Experts, rue Ollivier-St-Georges, 23.

DANS LES DÉPARTEMENTS

CHEZ

Amiens.	MM. HACBECT jeune (Vᵉ).
Angers.	MARIE, Commissaire-Priseur.
Bordeaux	PASQUIER, Cours du 30 Juillet.
Caen	BOUCHARD, Libraire.
Grenoble	ROLAND, Conservateur du Musée.
Lille.	TENCÉ, Marchand de Tableaux.
Lyon.	HOETH, Marchand d'Estampes.
Marseille.	LAZARD, Marchand d'Objets d'Art.
Montpellier ...	ROGER, Marchand d'Objets d'Art.
Nancy	LAZARD-LÉVY, Marchand de Tableaux.
Nantes	LELIÈVRE, place du Bon Pasteur.
Rouen	BILLARD, Marchand de Curiosités.
Strasbourg ...	TREUTTEL et WURTZ, Libraires.
Toulouse	AVANZO frères, Marchand d'Estampes.

ANGLETERRE

Londres ..... ·
MM. CHRISTIE et MANSON, King street. Saint-James square.
SMITH fils, 137, New Bond street.
FARRER, Wardour street.
MAWSON, 3, Berners street, Oxford street.
COLNAGHI, Marchand d'Estampes.

Édimbourg ...	BLANCK, Libraire.
Dublin	WATTKINS, Marchand de Tableaux.

BELGIQUE

Bruxelles .....
MM. HERIS.
ÉT. LEROY.

HOLLANDE

Amsterdam... {	MM. Brondgheest, heeren Graght, 30.
	Dewries.
La Haye...... {	Enthoven, Plein, 211.
Rotterdam.... {	Lamme.

ALLEMAGNE

Berlin.........	MM. Sachsé et Ce.
Dresde........	Arnold, Marchand d'Estampes.
Dusseldorf....	E. Schulte.
Francfort s.M.	E. Kohlbacher.
Hambourg....	W. Becker.
Leipzig........	P. del Vecchio.
Mannheim....	Artaria et Fontaine.
Munich........	Brulliot, Conservateur du Musée.
Stuttgard.....	G. Antenrieth.
Vienne........	Artaria et Ce.
Cologne.......	Bourgeriés, Marchand de Tableaux.

ITALIE

Florence......	MM. Giuseppe Bardi.
Milan.........	G. Vallardi, rue Sainte-Marguerite.
Naples........	Dufresne, Libraire.
Turin........	Maggi, Marchand d'Objets d'Art.

RUSSIE

St-Pétersbourg {	MM. Von Regmor ten.
	Velten.
Moscou........	Mme Ve Gauthier et fils, Libraires.

AVERTISSEMENT.

Depuis la vente du maréchal Soult, aucune collection n'avait présenté à MM. les Amateurs un pareil ensemble de belles productions italiennes, de ces œuvres splendides qui remplissent l'âme d'un vif sentiment d'admiration. Aussi croyons-nous leur être agréables en annonçant la vente d'une galerie qui renferme des tableaux de premier ordre.

Nous regrettons de ne pouvoir mettre sur ce Catalogue le nom de l'illustre famille qui possédait depuis longtemps les chefs-d'œuvre que nous allons décrire. Une susceptibilité que nous n'avons pu vaincre nous fait un devoir de garder le silence.

Toutefois, pour donner aux Amateurs toute confiance dans ce que nous avançons, hâtons-nous de dire que nous sommes autorisés à remettre aux acquéreurs, immédiatement après la vente, les certificats d'origine des deux principaux tableaux : le Corrége et le Raphaël.

Ces deux tableaux sont des œuvres capitales qui fixeront tous les regards.

Quant au Giotto, nous pouvons affirmer qu'il n'existe nulle part en France, pas même au Musée du

Louvre, une œuvre de ce maître d'une composition et d'une conservation aussi belles.

Un mot maintenant sur quelques tableaux dont nous n'avons pas eu le temps de donner une description plus étendue. Le Catalogue a dû être fait très-vivement pour être envoyé à l'étranger et traduit en plusieurs langues. Nous prions donc le public d'être indulgent et de nous excuser si parfois nous avons été trop brefs.

Nous parlerons d'abord du tableau du Corrége, connu sous le nom de *la Zingarella*. Le charme et le coloris répandus dans ce tableau sont inexprimables. Cette inimitable entente du clair obscur, ce beau raccourci dont Corrége seul possédait le secret, et cette lumière si vive répandue sur tout le corps de l'enfant, ont quelque chose qui vous saisit. On comprend alors toute l'estime que Jules Romain avait pour le Corrége, et l'on s'explique pourquoi ce maître illustre a conservé parmi nous la plus glorieuse réputation.

Le portrait du Florentin Taddeo Taddeï, par Raphaël, est une de ces œuvres si rares qui éveillent toujours une vive curiosité. C'est une tête sévère pleine de distinction qui rappelle les portraits du même artiste, que l'on voit au Louvre.

L'André del Sarte est une ravissante petite Sainte-Famille.

La Vierge a un air d'innocence adorable, et l'Enfant-Jésus sourit comme on sourit au ciel. Ce tableau ferait honneur aux collections les plus renommées.

Le Van Dyck, avec des accessoires de Sneyders, est une œuvre capitale d'un coloris éclatant.

Le portrait de Rubens, peint par Vélasquez, mérite aussi d'être remarqué.

Nous appelons maintenant l'attention sur un remarquable ensemble de superbes gothiques italiens. Giotto, Machiavelli, Ghirlandaio, Orgagna, Bachiacca, sont représentés par des productions capitales dignes des grands musées de l'Europe. Aussi faisons-nous un appel aux directeurs de toutes les galeries françaises et étrangères. Nous leur donnons l'assurance qu'ils ne seront pas trompés dans leur attente, et qu'ils trouveront l'occasion d'enrichir leur pays de ces belles œuvres des grands maîtres, toujours dignes d'admiration.

DÉSIGNATION

DES TABLEAUX.

CORRÉGE.

1 — La Zingarella.

La Bohémienne, la tête couverte d'un chapeau retenu par une écharpe tordue autour de la coiffe, tient dans ses bras son enfant nu, et vu en raccourci ; elle le soulève et semble vouloir l'approcher de ses lèvres pour l'embrasser. Ses cheveux retombent en nattes sur ses épaules, sa robe rouge est ouverte carrément sur sa poitrine. La tête de la Zingarella est ombragée par le chapeau et contraste admirablement avec le gracieux enfant qui s'épanouit en pleine lumière.

Bois. Haut. 0m59, larg. 0m42.

(Galerie Giustiniani. Certificat d'origine).

2 — Deux enfants se disputent un vase.

Bois. Haut. 0m42, larg. 0m59.

RAPHAEL SANZIO.

3 — Portrait du Florentin Taddeo Taddeï.

Raphaël a représenté le personnage vu de trois quarts. Il a la tête couverte d'une barrette noire, sa collerette en dentelle est rabattue sur le collet de sa robe. Il porte les moustaches, et sa longue barbe descend sur sa poitrine. Un rideau vert laisse apercevoir au loin la charmante campagne de Fiésole, au milieu de laquelle s'élève la villa de la famille Taddeï.

Ce tableau a été exécuté par Raphaël, dans son premier voyage à Florence, où il fut l'hôte de la famille Taddei. De cette famille, ce portrait a passé dans celle du sénateur Adami, dont le tient le propriétaire actuel.

Bois. Haut. 0m57, larg. 0m48.

(Certificat d'origine).

ANDRÉ DEL SARTE.

4 — La Sainte-Famille.

La Vierge, assise, tient sur ses genoux l'Enfant-Jésus, qui sourit au sein de sa mère. Saint Joseph, une main sur la poitrine, contemple ce groupe avec une joie respectueuse.

Il porte le monogramme A-V entrelacés. (André Vanuchi).

Bois. Haut. 0m44, larg. 0,31.

GIOTTO.

5 —

La Vierge, assise sous un dais, tient sur ses genoux l'Enfant-Jésus posé sur un coussin. Saint Bernardin et saint Jean-Baptiste, saint Bernard et sainte Apollinia, se tiennent debout ; les deux premiers à gauche, les deux autres à droite de la Vierge.

Ce gothique est peint sur fond d'or.

Bois. Haut. 1m34, larg. 1m52.

MACHIAVELLI.

6 —

La Vierge, assise, tient d'une main l'Enfant-Jésus qui s'appuie sur sa poitrine, et de l'autre une fleur blanche. Elle est entourée de quatre saints portant différents emblèmes. On voit à droite au premier plan un chapeau de cardinal posé sur le sol, à côté de l'inscription latine : « Opus cenobii de Machiavelis. » Fond d'or.

Bois. Haut. 1m33, larg. 1m49.

GHUGLIELMO DI PAOLO DEGLI ALTOVITI.

7 —

La Vierge assise entre saint Jean, décapité, et saint Pierre l'épée à la main, tient son fils mort sur ses genoux. Anno 1500..

Bois. Haut. 1m19, larg. 1m18.

BENOZZO GAZZOLI.

8 — Le Christ en croix.

Les trois Marie et deux saints sont au pied de la croix, des anges reçoivent dans des vases le sang qui jaillit des mains et du corps de Jésus. Fond d'or.

Bois. Haut. 0m96, larg. 0m57.

BEATO ANGELICO DA FIESOLE.

9 — La Mise au tombeau.

Un ange dépose le Christ dans un sarcophage en présence de trois saintes et de trois disciples, qui témoignent tous la plus grande affliction. Peint sur fond d'or.

Bois. Haut. 0m86, larg. 1m11.

BEATO ANGELICO (ÉCOLE DE).

10 — L'Annonciation.

Sur fond d'or et sous verre.

Bois. Haut. 0m20, larg. 0m27.

MASSACIO.

11 — Composition de onze figures.

Un saint exorcise des démons qui s'envolent à la vue des assistants agenouillés. Des montagnes et un palais bornent l'horizon. Peint sur fond d'or.

Bois. Haut. 0m22, larg. 0m40.

GHIRLANDAIO.

12 —

La Vierge tenant dans ses bras l'Enfant-Jésus. On aperçoit le paysage par deux croisées à demi couvertes par des rideaux verts.

Bois. Rond. Diamètre 0m86.

GAROFOLO.

13 — L'Annonciation.

Bois. Rond. Haut. 0m28, larg. 0m26.

SÉBASTIEN DEL PIOMBO.

14 — Le Christ portant sa croix.

L'artiste a choisi le moment où l'un des bourreaux aide le Christ à mettre la croix sur ses épaules.

Toile. Haut. 1m2, larg. 0m91

FRA BARTHOLOMÉE.

15 —

Saint Antoine, évêque de Florence, assis sur son trône épiscopal. Deux anges, dont l'un porte une couronne et l'autre une branche de lis, soulèvent les coins du dais.

Bois. Haut. 0m57, larg. 0m45.

MICHEL ANGE DE CARAVAGE.

16 —

Une jeune femme, la main gauche appuyée sur une glace, porte de la droite une fleur d'oranger à sa ceinture, et semble prendre l'avis de sa servante en train de lui faire un récit. Différents objets de toilette sont posés sur une table.

Toile. Haut. 1m0, larg. 1m34.

VELASQUEZ.

17 — Portrait de P.-P. Rubens.

Il a la tête couverte d'un chapeau noir orné d'un gland de soie. Sa collerette blanche se détache avec une grande vigueur sur le manteau qui couvre ses épaules.

Toile. Haut. 0m72, larg. 0m55.

VAN DYCK et SNEYDERS.

18 — Diane chasseresse.

La déesse, la tête ornée du croissant et appuyée sur son arc, joue avec ses chiens, dont l'un s'élance sur elle en aboyant. Elle prend d'une main la patte d'un griffon qui est accouplé avec un autre chien. Des oiseaux morts jonchent le sol à ses pieds. Des Amours détachent sa chaussure. On aperçoit dans le lointain des Nymphes qui reviennent de la chasse. Dans la partie droite, une femme de la déesse est occupée à découpler des chiens.

Toile. Haut. 1m43. larg. 1m80.

TITIEN.

19 —

Saint Jean présente l'Agneau à l'Enfant-Jésus assis sur les genoux de la Vierge.

Bois. Haut. 0m40, larg. 0m49.

DOMINIQUIN.

20 — Portrait d'un cardinal. (Galerie Giustiniani.)

Toile. Haut. 0m96, larg. 0m75.

VELASQUEZ (Attribué à).

21 —

Portrait d'un seigneur couvert d'une armure damasquinée en or et la taille ceinte d'une écharpe blanche; une collerette de dentelle couvre sa cuirasse; ses moustaches sont fièrement relevées en pointes.

Toile. Haut. 0m63, larg. 0m56.

SALVATOR ROSA.

22 — Combat de cavalerie.

Toile. Haut. 0m41, larg. 0m49

CORRÉGE (École de).

23 — Tête de saint Jean sur un plat.

Bois. Haut. 0m20, larg. 0m37.

BRONZINO.

24 — Portrait d'un Médicis.

Bois. Haut. 0m16, larg. 0m13.

FURINI.

25 — Lucrèce se poignardant.

Toile. Haut. 1m15, larg. 0m89.

SALVATOR ROSA (École de).

26 —

Attaque de brigands dans un site pittoresque au bord de la mer

Toile. Haut. 0m40, larg. 0m38.

LUCAS JORDANO.

27 — L'Ivresse du Satyre.

Des Faunes et des Bacchantes entourent le Satyre qui est étendu sur un tonneau. Il tend sa coupe à l'une des femmes qui s'apprête à exprimer le jus du raisin. Les sons du tambour et de la flûte de Pan animent cette bacchanale. Composition de dix figures.

Toile. Haut. 0m46, larg. 0m75.

CERQUOZZI.

28 — Jeune homme dessinant au milieu des ruines.

Toile. Haut. 0m45, larg. 0m34.

TEMPESTA.

29 — Vue d'un port de mer.

Un rocher se dresse au milieu de la rade.

Toile. Haut. 0m72, larg. 0m98.

CANALETTO.

30 — Vue de la cathédrale de Venise.

Bois. Haut. 0m17, larg. 0m27.

31 — Vue de la place de Saint-Marc.

Toile. Haut. 0m36, larg. 0m57

REMBRANDT (ÉCOLE DE).

32 — Tête de vieillard.

Toile. Haut. 0m80, larg. 0m66.

BOURGUIGNON.

33 — Combat de cavalerie.

Toile. Haut. 0m41, larg. 0m49.

DEHONT.

34 — Combat de cavalerie.

Bois. Haut. 0m56, larg. 0m98.

CHAMPAIGNE (PHILIPPE DE).

35 — Portrait d'un cardinal décoré de l'ordre du Saint-Esprit.

Toile. Haut. 0m72, larg. 0m59.

RIGAUD (HYACINTHE).

36 — Portrait de Louis XIV, en cuirasse dorée.

Toile. Haut. 0m72, larg. 0m58.

SUSTERMANS (Juste).

37 — Portrait d'une dame de qualité.

Elle porte un collier de perles et un corsage noir. Une boucle de cheveux retombe de chaque côté sur ses épaules.

Toile. Haut. 0m70, larg. 0m55.

SPAGNOLETTO.

38 — Vue d'un port de mer.

Toile. Haut. 0m25, larg. 0m39.

HERMAN D'ITALIE.

39 —

Montagne et collines baignées par une rivière sur laquelle glisse une barque.

Toile. Haut. 0m33, larg. 0m48.

ROBERT (Hubert).

40 —

Des blanchisseuses lavent leur linge au bord d'une cascade du sein de laquelle s'élève un jet d'eau. Dans le lointain, un temple se dresse parmi les massifs d'arbres.

Toile. Haut. 0m32, larg. 0m40.

RUYSDAEL (D'après).

41 — Le Passage du gué.

Bois. Haut. 0m32, larg. 0m43.

EVERDINGHEN (Attribué à).

42 — Vue d'une plage dominée par des montagnes.

Bois. Haut. 0m35, larg. 0m49.

ASSELYN (Attribué à).

43 — Paysage.

Des rochers formant arcades sont visités par des voyageurs.

Toile. Haut. 0m31, larg. 0m17.

VAN BALEN ET KIERINGS.

44 — La Vierge, l'Enfant-Jésus et saint Jean.

45 — L'Éducation de la Vierge.

Pendant du précédent.

Bois. Haut. 0m28, larg. 0m38.

G. E. (Signé).

46 — Paysage.

Une bergère se lave les pieds près de son troupeau en causant avec un jeune pâtre.

Toile. Haut. 0m72, larg. 0m58.

ÉCOLE FRANÇAISE.

47 — Portrait de Marie de Mancini.

ÉCOLE ALLEMANDE.

48 — Portrait de Catherine Boren, femme de Luther.

Bois. Haut. 0m32, larg. 0m24.

INCONNU.

49 — Portrait d'un acteur en costume de sultan.

Toile. Haut. 0m78, larg. 0m64.

DITO.

50 — Nymphe surprise dans son sommeil par des Satyres.

Cuivre. Haut. 0m16, larg. 0m21.

DITO.

51 — Diane et Actéon.

52 — Supplice de Marsyas.

Pendant du précédent.

Bois. Haut. 0m15, larg. 20.

DITO.

53 — Une dame portant un verre et des fruits.

54 — Une dame près d'un brasero.

Pendant du précédent.

Lavagna. Octogone. Haut. 0m24, larg. 0m18.

CHIRLANDAIO.

55 —

La Vierge agenouillée et les mains jointes adore l'Enfant-Jésus couché sur un pan de son manteau. Saint Jean, agenouillé près de l'Enfant divin, a la tête tournée du côté du spectateur. La scène se passe dans la campagne de Jérusalem qu'on aperçoit dans le fond du paysage. On voit un saint agenouillé sur un rocher devant une croix miraculeuse apparaissant dans les airs.

Bois. Rond. Diamètre 0m38.

Galerie Giustiniani.

ORGAGNA.

56 —

Ce magnifique gothique se compose de quatre parties :

1° La principale, celle du milieu, représente la Vierge tenant l'Enfant-Jésus dans ses bras. Trois anges sont agenouillés de chaque côté à ses pieds. Deux autres soutiennent une riche draperie derrière la Vierge. L'Enfant-Jésus donne d'une main sa bénédiction, et de l'autre tient un chardonneret;

2° Sur le compartiment supérieur, le peintre a représenté deux anges qui tiennent une couronne au-dessus de la tête de la Vierge;

3° et 4° Dans la partie inférieure sont deux panneaux décorés de sujets religieux.

Ce gothique est peint sur fond d'or.

Bois. Haut. 2m62, larg. 1m02.

BACHIACCA.

57 — Jésus au jardin des Oliviers.

Le Sauveur s'agenouille au-devant de l'ange qui lui présente le calice. Trois de ses disciples dorment au premier plan. On voit dans le lointain Judas tenant à la main la bourse, prix de sa trahison, et les soldats auxquels il va livrer son maître.

Bois. Rond. Diamètre 0m96.

VIGNOLI.

58 —

Sainte Cécile jouant du clavecin pendant qu'un ange chante en tenant un livre ouvert.

Toile. Haut. 1m52, larg. 0m84.

MURILLO.

59 — Écuyer tenant son cheval en laisse.

Provenant du château Ricci.

Toile. Ovale. Haut. 1m17, larg. 1m49.

TITIEN.

60 — Portrait d'une princesse de Médicis en costume du XVIe siècle.

Elle porte la collerette empesée selon la mode du temps. Ses cheveux sont maintenus par un diadème de perles surmonté d'une aigrette en pierreries. Sa robe est une étoffe de brocard noir parsemé de fleurs et galonné d'or. Les manches sont blanches. La princesse appuie une main sur une table, et de l'autre tient son livre de messe. Elle porte en sautoir un riche collier de perles.

Toile. Haut. 1m30, larg. 1m00.

SALVATOR ROSA.

61 — Esquisse. Sujet tiré de l'Arioste.

Toile. Haut. 0m72, larg. 0m××

BALDINUCCI.

62 — Portrait d'un jeune homme à collerette.

Toile. Haut. 0m65, larg. 0m50

MARINARI (Honorio).

63 — La Vierge et l'Enfant-Jésus.

Bois. Haut. 0m30, larg. 0m33.

GUIDO RENI. -

64 — Hérodiade portant sur un plat la tête de saint Jean.

Toile. Haut. 1m32, larg. 0m92.

CORAZZA.

65 — Paysage.

Des bergers font paître leur troupeau dans une campagne pittoresque bornée à l'horizon par des montagnes.

Toile. Haut. 1m15, larg. 1m74.

VERNET (Attribué à).

66 — Marine.

Un bâtiment arrive à pleines voiles.

Toile. Haut. 0m58, larg. 0m72.

DESSINS.

BERNINI.

1 — Triton et architecture.

ANNIBAL CARRACHE.

2 Samson et Dalila.

DOMINIQUIN.

3 — Méléagre et Atalante, gouache.
4 — Daphné changée en laurier, dito.
5 — Moïse sauvé des eaux, dito.

VAN DYCK.

6 — Le Marquis de Pescara.
7 — La Marquise de Pescara.

GUIDO RENI.

8 — Apollon et Daphné.
9 — Apollon et Diane.
10 — Les Trois vertus théologales.

SIMON DE PESARO.

11 — Pallas et Astrée.

GRAVURES.

1 — Guillaume de Brisacier, gravé par A. Masson, d'après Mignard.

2 — Jean de La Fontaine, par Édelinck, d'après Rigaud.

3 — Les Soins maternels, par Wille père, d'après Wille fils.

4 — Les Délices maternels, dito.

5 — Portrait d'un savant, par Vosterman.

6 — Portrait de Claude Melan, par Édelinck.

7 — Portrait d'Arnaud d'Andilly, par Édelinck, d'après Philippe de Champagne.

8 — La Tempérance, par Lucas de Leyde.

9 — La Justice, dito.

10 — Le Parnasse de Raphaël, par M. Anfanio.

11 — La Sainte-Famille, par Al. Durer. 1534.

12 — La Cène, dito 1510.

MAULDE et RENOU, imprimeurs, de la Compagnie des Commissaires-Priseurs, rue de Rivoli, 144.   6717